아빠 꿈이 뭐야?

아빠 꿈이 뭐야?

아빠와 아들의

엉뚱 발랄한

그림 대화

이한종 글 · 이주호 그림

모요사

꿈과 재능을 키워주는
그림 그리기

_이주헌 · 미술평론가, 『지식의 미술관』의 저자

"그림을 그리다 야단맞았죠. 물감을 뿜으면서 장난한다고…"

예전에 인기가 있었던 동요 〈그림〉의 도입부다. 서정적이고 아름다운 노래지만 아이들이 처한 '냉정한 현실'을 생생히 보여주는 노래가 아닐 수 없다. 그림을 그리다가 책망을 들은 아이는 점차 미술을 멀리하게 된다. 그림을 그리고 보는 일이 우리의 상상력과 창의력을 부쩍 자라게 한다는 사실을 고려하면, 이 같은 멀어짐은 아이에게 크나큰 손실이라 하지 않을 수 없다.

그런 점에서 주호는 행운아다. 자신이 그린 그림을 늘 칭찬해주고 격려해줄 뿐 아니라 이렇게 책으로 만들어주기까지 한 아빠가 있기 때문이다.

심리학자 조앤 에릭슨은 "재능 있는 아이들이란 감각이 특별히 예리한 아이들을 가리킨다"고 말했다. 누구나 일정한 감각을 갖고 태어나지만 어떻게, 얼마나 벼리느냐에 따라 감각의 크기는 달라진다. 아이들이 즐겁고 행복하게 그림을 그릴 수 있도록 유도해주는 부모는 아이에게 진정한 재능을 선물하는 부모다. 그들의 감각이 그만큼 예리하게 벼려지기 때문이다.

주호가 아빠로부터 받은 훌륭한 선물은 사실 모든 엄마 아빠들이 아이에게 해줄 수 있는 선물이다. 돈도 많이 들지 않고 대단한 학식이 필요한 것도 아니다. 사랑과 관심만 있다면 누구나 할 수 있는 선물이다. 이 책은 바로 그 사랑과 관심에 대해 우리의 주의를 환기시키는 책이다.

차례

프롤로그

꿈꾸는 아빠,
즐거운 아들

막둥이 주호는 지금 초등학교 2학년입니다.

그런데 너무 바빠요.

한창 놀아야 할 나이인데

밀린 숙제하랴

단원평가 시험 준비하랴

영어 공부하랴

놀 시간이 별로 없습니다.

하지만 이런 고된 일과를 무시하고
혼날 줄 알면서도 하루 종일 눈치 살피며
호시탐탐 놀 궁리를 하죠.
언제 하루 실컷 놀 수 있을까요.
학교 가기가 싫다고 할 때면 가슴이 아픕니다.
저도 학교는 정말 재미없었었거든요.
아직도 우리네 학교는 아이들이 재미있게 다니기엔
여전히 꽉꽉한가 봅니다.

40년 전이나 지금이나 학교는
아이들의 놀이터가 되지 못하는 것이지요.
왜 학교를 재미있게 만들지 못할까요.
가끔 주호의 시험문제를 보면
너무하다 싶을 때가 있습니다.
정말 어려워요.
수학문제는 제가 못 푸는 것도 있더군요.
저한테 문제가 있는지도 모르죠.
아, 아이들은 실컷 놀아야 하는데…

저도 점점 나쁜 아빠가 되어갑니다.

어쩔 수 없이

놀고 있는 주호를 야단쳐서 숙제를 하게 할 때가 있거든요.

물론 숙제는 해야 하지만

초등학교 2학년 아이가 하기에는

해야 할 공부가 너무 많아요.

그걸 알면서도 주호에게 맘껏 놀 시간을 주지 못하는

부모가 되어가고 있습니다.

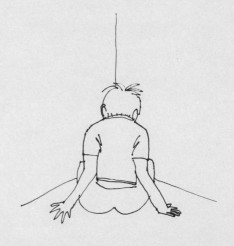

어느 날

비 오는 퇴근길에

혼자 운전을 하며 차창 밖 빗줄기를 보면서

오늘도 밤늦게까지 놀다가

틀림없이 엄마에게 혼나고

마지못해 숙제를 하고 있을

주호를 생각하며

갑자기 아빠로서

미안한 생각이 들더군요.

그래도 주호는 항상 밝은 웃음으로

엄마 아빠를 즐겁게 해줍니다.

그 웃음 때문에

힘이 납니다.

그래서
주호에게 아빠가 해줄 수 있는
특별한 것을 생각하게 되었죠.
주호는 다섯 살 때부터 그림 그리기를 아주 좋아했답니다.
아이다운 엉뚱한 상상력이 놀라울 때도 있었죠.
그래서 주호의 그림을 모아 화첩을 만들면 어떨까 싶었어요.
그날부터 주호의 그림들을 모으기 시작했고
조그마한 화첩을 만들어 그림을 스캔해서 프린트하고
글을 붙이기 시작했습니다.

화첩을 만들어보니 글 붙이는 재미가 쏠쏠하더라고요.
그때부터 주호의 한마디 한마디를 놓치지 않으려 했습니다.
주호 엄마도 주호가 했던 웃기는 말들을 알려주었죠.

집에 온 손님들이나 제 회사 직원들, 아내의 회사 동료들에게
재미 삼아 화첩을 보여주었더니 반응이 괜찮았습니다.
그래서 욕심이 났지요.

"어, 이거 진짜 책이 될 수 있을까.
정말 책을 만들면 좋겠다.
주호에게 좋은 선물이 될지도 몰라."

출판사를 알아보기 시작했습니다.
운 좋게 모요사 출판사를 만나게 되었죠.
이 자리를 빌려 이 책이 나오기까지 애써주신 모든 분들께
감사드립니다.
옆에서 도와주신 '주호를 사랑하는 모임'(우리 가족) 회원 여러분께도
감사드리고요.

이 책이 나오기까지 가장 힘들었던 사람은

당사자 주호가 아닐까 생각합니다.

한동안 제대로 놀지도 못하고

아빠가 시킨 일들을 묵묵히(?) 해냈으니 기특할 따름입니다.

주호야, 책 나오면

아빠가 너 좋아하는 로봇 하나 사줄게.

수고했다!

PART 1

나
이제
아홉 살이거든

동생이 있으면
좋겠다

엄마, 나 동생 하나만 낳아줘.

내가 잘 키울게.

너 그게 무슨 소리야!

혼자 놀기 심심하단 말이야.

다섯 살 때 그린 가족 얼굴

그래도 안 돼. 엄마 힘들어서 동생 못 낳아.

…그럼 할 수 없지.

할머니한테 낳아달라고 해야지 ～

엄마는
알고 있니?

　아빠, 얘 내 동생이다~!
· ·　엄마는 알고 있니?

우리 집은 대가족입니다. 할아버지 9남매, 할머니 5남매, 저는 3남매,
주호 엄마는 2자매… 이 모든 가족들이 수시로 왕래하며 정기적으로
모임도 가집니다. 그 많은 친척들이 꽤 자주 모이는 편이지요. 주호는
친척들이 모이는 걸 아주 좋아합니다. 친척들 중에 동생이 있으면 무척
이나 예뻐해주지요. 아끼는 장난감도 선뜻 내주면서 말입니다. 주호는
아직도 동생에 대한 미련이 많은가 봅니다.

나 이제
아홉 살이거든

‥ 주호야, 뭘 그린 거야?

‥ 미래에 타고 다닐 차야.

‥ 큰 차는 엄마차고 작은 차는 아기차구나?

‥ 유치하기는…

엄마차 아기차 그런 거 아니라

큰 거는 중형차고 작은 거는 소형차야.

아빠, 나 이제 아홉 살이거든!

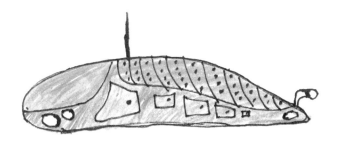

사랑하면
결혼하는 거야

애니메이션 〈월-E〉에 나오는 로봇 월-E와 이브를 보고 나서
주호가 물었습니다.

　아빠, 월-E하고 이브하고 누가 더 좋아?
·· 나는 월-E.
　난 이브가 더 좋은데.
·· 둘이 결혼할 것 같니?
　로봇끼리 어떻게 결혼해?
·· 사람이 아니라도 결혼할 수 있지.
　사랑하면 결혼하는 거야!

아,

주호에게 그만

거짓말을

해버렸습니다.

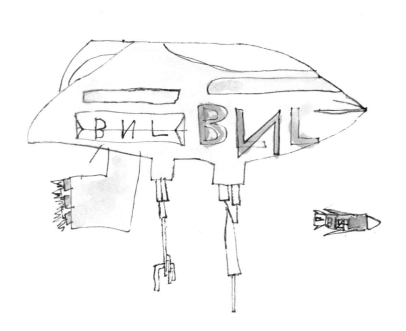

주호의
아침

주호를 아침마다 깨워주던 자명종시계.

그런데 별 소용이 없습니다.

요즘은 제가 시계를 대신하지요.

　주호야, 일어날 시간이다.

　다섯 셀 동안 얼른 일어나.

　하나 두우우우울 세에에엣 하고 반에 반…

남자애들은 숫자 센다고 하면 말을 잘 듣는다며

주호 엄마가 가르쳐준 비법이지요.

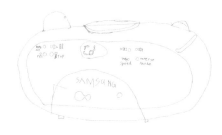

아침마다 주호 엄마는 영어 테이프를 무조건 틀어놓습니다. 주호는 무
덤덤하고요. 덕분에 아빠의 영어 실력이 좋아지고 있습니다. ㅎㅎ

꽃보다
엄마

퇴근하고 막 들어온 엄마와 주호가
일상적으로 나누는 대화입니다.

· · 오늘 영어숙제 다 했어?
 · 아니, 지금 할 거야.
· · 가방은 챙겨놨어?
 · 숙제 끝내고 챙길 거야.
· · 독서록은 썼어?
 · 가방 챙겨놓고 쓸…
· · 빨리 안 해! 엄마 지금 화났어!

주호야, 꽃 하나 따서 엄마 한번 줘봐.

일주일은 편안할 거다.

더 좋은
현미경이 필요해

아빠, 바이러스는 아주 작은 거지, 그치?

그럼.

우리 집 현미경으로 볼 수 있을까?

집에 있는 걸로는 못 볼걸.

그래?

아빠, 그럼 바이러스 보게 더 좋은 현미경 사면 안 될까?

됐거든.

신 종 인플루엔자

더 좋은 현미경을 갖고 싶으면 열심히 공부해서 과학자가 되라고 말해
주었습니다. 과학자가 되면 바이러스보다 더 작은 것도 볼 수 있을 거라
고 하니 열심히 공부하는 척하더군요. 뭐 오래가진 않았지만…
집에 있는 현미경으로도 많은 것을 관찰할 수 있습니다. 현미경으로 본
것을 수첩에 그리고 느낌을 적어보도록 했지요. 현미경으로 들여다본
작은 세상은 아빠에게도 아름다운 경험이었습니다.

심부름 로봇이 있으면
정말 좋겠다

할머니 주호야, 전화기 어딨냐?
엄마 주호야, 거기 서랍에 손톱깎이 좀 가져와.
아빠 주호 어딨냐. 신문 좀 갖다줘.
누나 야! 물!

착한 어린이는 심부름을 잘해야 한다는 미명 아래
각종 가사 심부름에 시달리는 주호가
자기에게 꼭 필요한 것이라며 그린 그림입니다.

물건을 대중소 크기별로, 1cm, 2cm, 3cm, 1m, 2m, 3m 등 거리별로
정교하게 들어 올릴 수 있다고 합니다.

갑자기 주호에게 미안해집니다.

주~호!

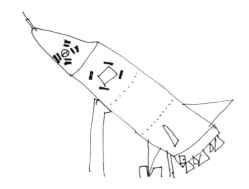

아빠, 우리나라도 로켓 있어?
아니, 아직! 조금 있음 또 쏠 거야, 제2의 나로호.
좋아, 그럼 내가 먼저 로켓 쏜다.
그래. 근데 네 로켓 이름은 뭘로 할 건데?

주~호!

주호야, 나중에 과학자 되면
달나라에 대한민국 달기지 만들어줘.
달기지 만들 때 아빠가 설계하면 안 될까? 주호 대장님!

제가 어릴 때는 우리나라를 자랑스럽게 얘기해주는 어른이 없었습니다. 우리나라 사람들은 질서를 잘 지키지 못하니 선진국 국민을 본받아야 한다는 얘기만 수없이 들었지요. 어린 마음에 우리나라는 문제만 있는 나라구나라고 느꼈습니다. 이제 주호에게는 대한민국을 자랑해주고 싶습니다. 나로호가 발사되던 날, 비록 성공하진 못했지만 우리나라가 정말 대단한 일을 한 거라고 말해주었습니다.

바퀴 달린
인공위성

주호야, 이거 인공위성이지?

응.

밑에 있는 해바라기 같은 건 뭐야?

아이참, 바퀴잖아.

인공위성은 하늘에 있는 건데
바퀴를 왜 달았어?

땅으로 내려올 수도 있잖아.

오, 기발한데!
인공위성이 착륙도 할 수 있으면 노벨상 감이지.

아빠, 내가 노벨상 타면 알지?
장난감!!!

달나라 가는
우주비행기

주호야, 우리가 우주에서 살아야 한다면
뭘 가지고 가야 할까?

왜 우리가 꼭 가야 해?

음… 꼭 가야 한다면

우선 아파트가 있어야 하고

대통령 아저씨도 모시고 가야 하고

풀장도 있어야 해. 여름에 물장난해야 하니까.

마트도 있어야지. 그래야 장난감 사지.

그리고 커피 파는 곳, 핫초코 사먹게.

아! 태극기! 잊지 말아야지.

교회도 있어야 하느님이 따라가시지.

그리고 병원도 있어야 하고.

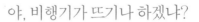

야, 비행기가 뜨기나 하겠냐?

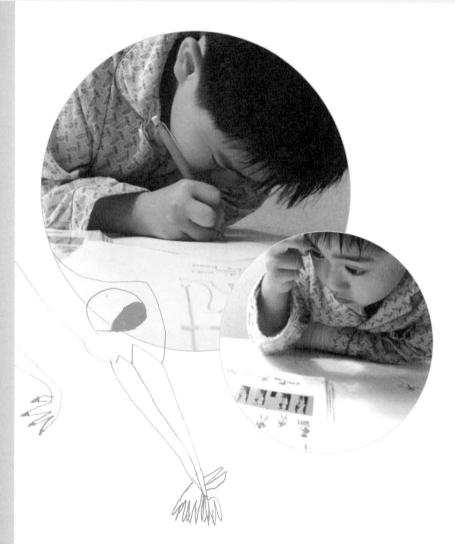

주호는 책 읽는 것보다
책 베껴 그리는 것을 더 좋아합니다.
어쩌겠습니까,
저도 어릴 때 그랬다는데…

다른 아빠가 되고 싶어요

주호야, 할아버지는 아주 엄한 분이셨어. 넌 기억에 없겠지만. 아빠는 할아버지를 무척 무서워했단다. 할아버지는 무엇이든 다 잘하셨어. 아빤 그렇지 못했고. 그래서 많이 혼났지. 회초리로 종아리 엄청 맞았단다.

할아버지가 지금 아빠 나이였을 때 아빠는 할아버지를 슬슬 피해 다니곤 했어. 무서워서 말이야… ㅎㅎ
그런데 널 낳기 전 할아버지가 건강이 안 좋아지셨는데 그때 아빠랑 아주 친해졌단다. 아빠를 많이 걱정해주셨어.

그리고 네가 태어났지.
아빠는 할아버지와는 다른 아빠가 되려고 했어. 할 수 있는 한 너와 많은 얘기를 나누려 했고 시간이 나면 너와 놀아주려고 노력했어, 알지?

아빠는 주위에서 아버지와 친한 아이들을 보면 무척 부러웠어. 아니, 솔직히 말하면 처음엔 이해가 되지 않았지. 어떻게 아버지와 친할 수 있지? 당연한 건데도 말이야. 왜 아버지와 친하게 지내는 것이 이상하게 보일까. 쉽진 않겠지만 그래도 아빠는 너와 또 누나와 아주 친한 그런 아빠가 되고 싶어.

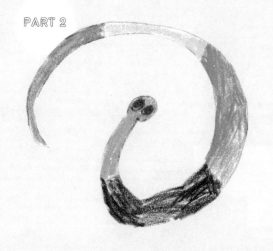

PART 2

대화가

필요해

아빠
그것도 몰라?

헉, 외계인?

아니, 졸라맨 로봇.

이쪽 발은 왜 커?

앞으로 내밀고 있으니까…

아빠 그것도 몰라?

오해

주호야, 알이 위험해 보이네.

왜?

뱀이 알을 집어삼키려고 하잖아.

뱀 아니야.

어미 공룡이 알을 돌보고 있는 거야.

쩝…

차는
어쩌라고요

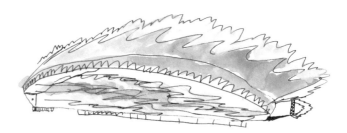

이거 고슴도치니?

아니, 자동차야. 불이 나는 자동차.

뭐라고? 왜 차에다 불을 붙였어?

불이 붙어 있으면 도둑놈이 못 오잖아.

피해자 1_자동차 훔치려다 불에 덴 도둑

피해자 2_도둑 잡으려다 자동차 다 태워버린 아빠

오래
쳐다보지 마세요

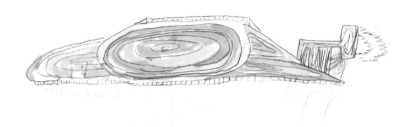

이걸 쳐다보는 사람은 누구나 최면에 걸린답니다.

오래 보지 마세요.

자칫하다가는 잠들어 버립니다.

만든 목적_이걸 쳐다본 도둑은 최면에 걸려 경찰한테 잡힌다.

착각하지 마

어미 말벌이지?

착각하지 마, 아빠.

이건 말벌이 꿀벌 애벌레를 잡아먹으려고 하는 거야.

여기 내가 써놨잖아. 말벌! 꿀벌 애벌레!

근데 왜 이리 다정해 보이냐!

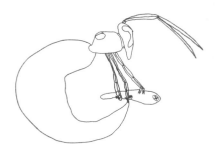

말벌이 꿀벌 애벌레를 똥침으로 기절시키고 계십니다.

아, 슬프다.

애벌레의 인생.

도깨비 같은
나비

이게 도깨비나비라고? 왜?

날개를 봐. 도깨비처럼 생겼잖아.

뭐가? 그냥 나비 아냐?

아이참, 자세히 좀 봐.

아름다운
바퀴벌레

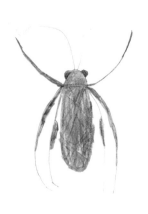

아무거나 눈에 보이는 대로만
그리던 다섯 살 주호.
바퀴벌레가 예뻐 보이긴
처음입니다.

꽃뱀이
아니라

방울뱀입니다.
독이 많아서 아주 조심해야 한다고
당부하던 다섯 살 주호.
방울뱀을 만날 일은 없겠지만
아들의 당부이니 잊지 말아야죠.

귀여운
똥파리

똥파리는 도대체 왜 그린 거냐?

귀엽잖아.

어디가?

…!

나방아
미안해

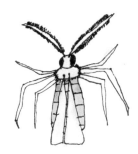

이것도 똥파리냐?

아니, 나방이야. 나방은 더듬이가 보들보들해.

아, 그래?

미안해. 똥파리인 줄 알았어.

앗!
실수다

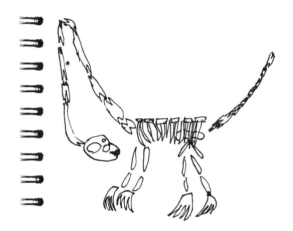

•• 이 공룡은 왜 목이 꺾였냐?

　이 브라키오사우루스 뼈를 그리려 했는데
　몸통부터 그리다가 스프링에 걸렸어.

　실수했네! 다시 그릴까?

•• 아깝다. 저 스프링만 없었다면
　대작이 나올 수도 있었는데…

　주호 덕분에 저도 공룡에 대한 상식을 넓혀가고 있습니다.
　그래도 주호를 따라가려면 아직 한참 멀었지요.

아빠 노릇하기
어려워

야~ 티라노사우루스네.

티라노사우루스가 아니라 헤레라사우루스야.

뭐라고?

나 참. 티라노사우루스는 갈색이고
헤레라사우루스는 녹색이야, 녹색!
사람보다 약간 더 크고.
그림 좀 자세히 봐.

아빠 노릇하기 참 어렵습니다.

대화가
필요해

엄마가 마트에 간 사이에
주호와 짬을 내서
인생에 대해 진지하게 대화를 나누곤 합니다.

주호야엄마말잘들어라숙제는잘하고있냐수영은많이늘었냐이빨잘닦아
라여자친구는없냐누구하고친하니어제샤워는하고잤냐…

     진지한 대화를 해보려 했으나
     잔소리만 늘었습니다.

여자
조심해

아빠, 사마귀는 암컷이 수컷을 잡아먹는대. 그거 알아?

그럼 알지.

사마귀는 암컷이 수컷보다 힘이 세다~

주호야, 사람도 그래.

주호는 아직 여자의 무서운(?) 힘을 모릅니다.

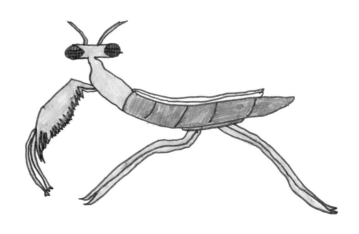

달기지

주호야, 우린 언젠가 달나라에서 살아야 할지도 몰라.
지구가 병들고 있어서 말이야.
지구온난화 때문이지?
어, 그거 어떻게 아냐?
나도 그 정도는 알아.
걱정 마, 아빠. 내가 달기지 만들어줄게.
고맙다. ㅠㅠ

달기지를 만든다면 이렇게 만들 거라고 합니다.

우주 괴물이 못 들어오게. ㅋㅋ

태극기가 펄럭이고, 아파트도 있고, 병원도 있고, 우리 동네에 있는 건

모두 달기지에 있어야 한대요.

주호가 그림에 소질이 있다는 것을 처음 안 건 사실 그리 오래되지 않습니다. 주호가 어릴 때는 그저 좋아하는구나 정도였지요. 제가 건축가라서 스케치를 좋아하기 때문에 그림 그리는 즐거움을 알고 있습니다.

스케치북

어느 날 주호가 그림을 그리는데 손끝에 힘을 주고 거침없이 선을 긋더라고요. '애가 소질이 좀 있긴 있나 보다'라고 생각하게 되었죠. 그림에 자신이 없으면 선을 그렇게 힘 있게 그리지 못한다는 것을 저는 아니까요.

그래서 스케치북과 함께 가는 유성 펜을 사주었습니다. 주호의 그림에는 가느다란 유성 펜이 어울린다고 생각했지요. 주호는 크레파스를 별로 좋아하지 않습니다. 손에 묻는 것이 싫다나요. 어이구, 무슨 깔끔!

주호는 크레파스보다
펜 종류를 더 좋아합니다.

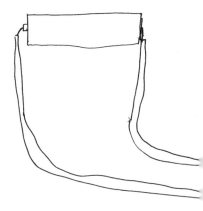

주호가 좋아하는 그림은 그저 스케치 같은 것들입니다. 색칠은 수채화만 좋아하지요. 이런 사실은 여러 번의 시행착오 끝에 발견한 것입니다.

아무튼 주호는 그림 그리는 것을 엄청 좋아합니다. 지금은 자기 좋아하는 것을 하게 그냥 놔두고 있습니다.

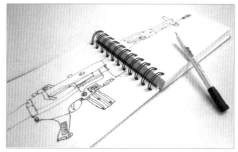

주호의 조그마한 스케치북

아이들은 누구나 잘하는 것이 하나씩은 있고 부모는 그것을 발견해서 키워주는 역할을 하는 것이라고 믿습니다. 문제는 그 장기를 부모가 언제 발견하는가 하는 것이겠죠.

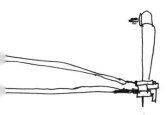

PART 3

내가
도와줄게

내가
도와줄게

왜 거북이를 세워서 그렸냐?

거북이가 빨리 갈 수 있게 도와주려고.

어떻게?

거북이 발에 인라인스케이트를 신겨주었어.

어때, 거북이 좋겠지?

목 아픈
해바라기

어이구, 이건 또 왜 목이 꺾였냐?

시들어서 그렇지.

왜 시든 걸 그렸어?

싱싱한 것으로 그리지.

시든 꽃이 어때서?

난 예쁘기만 한데…

아빠
변신하기 전에!

영화 〈트랜스포머〉를 본 뒤 주호는

변신 로봇에 심취하기 시작했습니다.

모든 것이 변신해야 한다고 믿는 것 같습니다.

그 덕에 변신 로봇 장난감이 우리 집 마루를 점령해버렸습니다.

•• 그래도 주호야,

정리 좀 하면서 놀면 안 되겠니?

아빠 변신하기 전에!

이후 트랜스포머의 악영향이 주호에게 나타나기 시작했습니다.

눈에 보이는 것은 모두 변신시키려는…

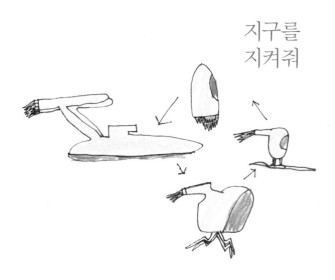

지구를
지켜줘

지구를 구조하는 특수우주선을 만들었는데
우주선도 변신해야 한답니다.

- 이거 어떻게 변신하는 거냐?
  - 날아다닐 때는 이렇게, 착륙할 땐 이렇게,
    이륙할 땐 이렇게.
- 그래서 지구는 어떻게 지키는 건데?
  - …!

아무 말이 없습니다.

기억이
안나

- 뭘 그린 거야?
  무슨 동화책을 보고 그린 건데, 기억이 안 나.
  아무튼 여우야.
- 잘 그렸네.
  근데 내일 숙제 있어?
  기억이 안 나네…
- 밥은 먹었어?
  아니, 아직.

기억력은 나쁘지 않은 것 같은데…?

사실 시키기 전에 주호가 숙제를 미리 해놓는 적은 없습니다. 엄마나 아빠가 들어와야 그때부터 시작하죠. 숙제를 미리 다 해놓으라는 불가능한 주문을 하는 것이 오히려 잘못일지 모르죠, 뭐.

강아지
똥

　• • 병아리들이 보고 있는 게 뭐니?

　• 강아지 똥!

　• • 뭐가 똥이야, 인형 아니야?

　• 아냐.『강아지 똥』이라는 책에 나오는 거야.

　• • 글쎄, 똥 같지는 않은데…

　• 강아지 똥을 인형처럼 그린 거야.

　• • 왜?

　• 책에서 그렇게 그린 걸 나보고 어쩌라고…

서울 쥐와
시골 쥐

- • 주호야, 서울이 좋아 시골이 좋아?
  - 난 우리 집이 제일 좋아.

- • 그럼 미국이 좋아 영국이 좋아?
  - 난 프랑스가 좋은데!

- • 넌 밥이 좋아 빵이 좋아?
  - 난 자장면이 제일 좋아!

바다 속은 왠지
무서워

요즘 수영 어디까지 배웠어?

이제 평형 발차기 들어가.

재미있어?

응, 수영 짱 재밌어.

나 수영 엄청 잘하거든.

그래? 그럼 우리 바다 가서 바다 속까지 가볼까?

상어 나오면 어떡해?

우리나라엔 상어 없어. 걱정 마.

아, 그래도 바다 속은 왠지…

잠수함 태워주면 갈게.

하늘
휴대폰

휴대폰이 날아다닐 수 있다면
아빠가 몰래 사줘도
엄마한테 들키지 않을 텐데…

장점_ 엄마한테 들키지 않고 휴대폰을 가질 수 있다.
단점_ 전화 걸 때 휴대폰을 붙잡기가 어렵다.

아직도 주호와 엄마의 협상이 끝나지 않은 것 같습니다.
언제 살 것이냐, 왜 필요하냐, 안 잃어버릴 수 있냐 등의
현안 문제들이 산적해 있다는 얘기가 들립니다.

소박한
상속

야~ 오늘 받아쓰기 백점 맞았구나.

그럼 우표 주는 거지?

좋아. 오늘은 무슨 우표를 줄까.

일본 우표 중에서 동물시리즈 어때?

우와, 짱이야.

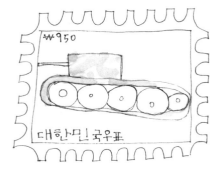

저는 초등학생 때 우표 수집광이었습니다.

아직까지도 모두 가지고 있습니다.

그래서 지금은 주호가 잘한 일이 있을 때마다

조금씩 물려주고 있습니다.

덕분에 주호도 우표를 좋아하게 되었습니다.

움직이는
집 1

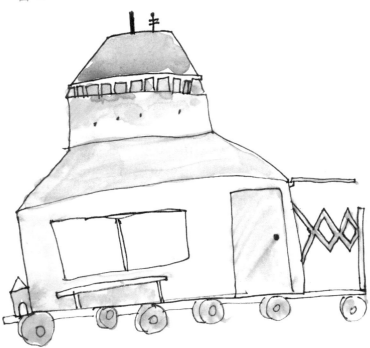

아빠! 이거 움직이는 집이야.

바퀴가 달려서 아무데나 갈 수 있어.

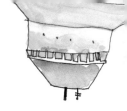

내 방은 2층,

엄마 아빠 방은 1층.

뒷문은 주차장문,

여행갈 때 차도 있어야지.

이거 무지 빨라.

속도가 1000이나 돼.

지붕 위에 안테나도 있어,

피뢰침도 있고.

아빠가 그랬잖아.

높은 집에는 꼭 피뢰침이 있어야 한다고.

주호는 여느 남자아이들처럼

동물과 곤충에 무척 관심이 많습니다.

이제까지 키워본 것들만 해도 엄청 많죠.

계절이 바뀔 때마다
관심사가 변해갑니다.
그렇게 크는 것이겠죠.

할머니 주호에게 할머니는 큰 바다입니다. 뭐든 다 들어주고 당신이 힘들어도 주호를 업어주었고 지금도 당신 몸보다 주호를 더 걱정하지요. 가끔 주호를 엄하게 키워야 한다고 말씀드리지만 너도 그리 컸다 하시면 할 말이 없어집니다. 말 안 들으면 주호를 야단치라 해도 아무 말도 하지 않으시지요. 그렇게 한평생을 살아오셨으니…

엄마 아빠가 아무리 친한 척해도 역시 주호는 엄마가 좋답니다. 뭐 당연한 것이지만 아빠가 엄청 노력했는데도 엄마를 이기지(?) 못하다니… 쩝. 주호는 매일 밤 자기 전에 엄마에게 책을 읽어달라고 합니다. 그리하여 둘이 누워서 한동안 책 읽는 소리가 카랑카랑 들려오지만 이내 조용해지더니 서로 껴안고 잠들어버립니다. 저만 놓아두고요.

누나 주호는 누나를 엄청나게 좋아합니다. 아주 심하게 따라다니죠. 누나도 열 살 어린 동생을 엄청 예뻐해줍니다. 자기 동생이지만 너무 잘생겼다면서 말이죠. 능력만 되면 주호 동생에 동생에 동생도 보고 싶지만 저도 이제 내일모레면 환갑잔치해야 할 나이라… 헉. 둘이서 부둥켜안고 있는 모습을 보면 정말 마음이 푸근해집니다. 어제 주호에게 물어봤지요. 할머니하고 엄마하고 누나, 이 세 여자 중에 누가 제일 예쁘냐? 당연 누나랍니다. ㅎㅎㅎ 엄마가 밀렸습니다.

아빠 저도 당연히 너무너무 주호를 좋아하지요.

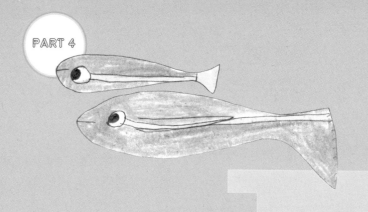

PART 4

아빠가
바다를 알아?

아빠가
바다를 알아?

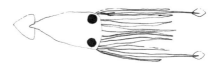

· 아빠, 투명오징어 알아?

·· 몰라, 그런 거.

· 아이참, 그것도 몰라?

하긴 깊은 바다 속에 사니까 아빠 모를 수밖에.

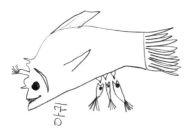

·· 주호야, 정말 이런 고기가 있어?

젖을 먹이는 고기가 있단 말이야?

붙어 있는 놈들이 새끼들이야?

· 새끼가 아니라 수컷들이야.

책에 다 있으니 책 보슈…

가끔 주호가 선생님 같을 때가 있습니다.

책을 보니 세상에 이런 놈들이 다 있네요.

수정할 때까지 수컷들이 이렇게 암컷에 붙어서 먹고산다고 합니다.

남자 망신 이놈들이 다 시키네요.

의사가
되려나

주호가 커서 의사가 되려나 봅니다.

주호야, 너만 믿는다. ㅎㅎㅎ

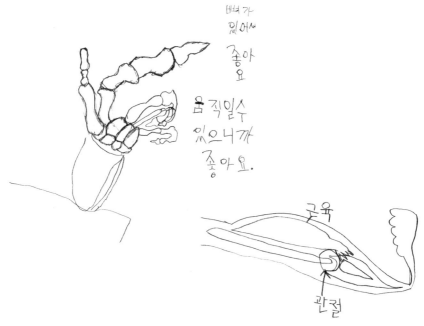

뼈 가
있어서
좋아
요

움 직일수
있으니까
좋아요.

근육

관절

주호야, 의사가 되려면 공부 엄청 잘해야 하는데

매일 총 들고 나가 놀다가 언제 공부할래.

아니다, 지금 실컷 놀아라. 공부야 나중에 하면 되지 뭐.

이러다가 너하고 나하고 사이좋게 엄마한테 혼날지도 모르지만…

니 거
맞아?

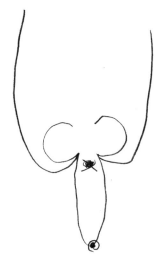

주호야,

도대체 이건 왜 그렸니,

…

니 거 맞아?

이집트
얘기해줘

레 | 매트 | 오시리스 | 이시스 | 호루스 | 아문
(Re) | (Ma) | (Osiris) | (Isis) | (Horus) | (Amun)
(태양의신) | (진실과정의의여신) | 《죽음의신》 | (풍요의여신) | (하늘의신) | (왕의신)

아누비스 | 토트 | 베스트
(Anubis) | (Thoth) | (Bast)
(매장의신) | (지혜의신) | (고양이의여신)

피라미드는 왕의 무덤이야?

응, 무덤이야. 이집트 사람들은
사람이 죽으면 다시 태어날 거라고 생각해서 미라를 만들었대.

윽, 죽은 사람이 어떻게 다시 살아나?

착하게 살면 다시 살아날 수 있을지도 모르지. ㅎㅎ

이집트 신들이 나오는 책을 보여주었더니

갑자기 관심을 갖더니만 이집트 신들을 그리더군요.

그날 이후 주호는 아주 잠깐 동안이었지만

이집트에 열광하기 시작했습니다.

저도 같이 이집트 신들을 공부하게 되었답니다.

책을 보고 오시리스, 이시스, 호루스, 아누비스 등을 알게 되었지요.

때마침 열린 이집트 전시회까지 갔답니다.

진짜 미라도 보고요.

주호 덕에 공부 좀 했습니다.

아빠 그림

Re, the sun god, was
sometimes shown
with a hawk's head.

개구리의
일생

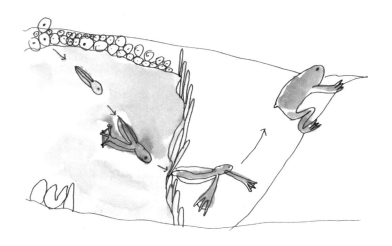

주호가 학교 연못에서 개구리 알 두 개를 가져왔습니다.

자기가 직접 키우겠다고 박박 우기더니

며칠이 지나도록 개구리 알은 변함이 없습니다.

사망하신 것 같은데 버릴 수도 없고…

타란툴라 키우면
안 돼?

아빠, 나 타란툴라 키우면 안 돼?

또 그 소리야, 너!

이제까지 키운 동물이 얼마나 많아!

그런데 니가 키웠냐. 전부 아빠가 키웠지.

넌 먹이도 제대로 안 주고,

이구아나는 목욕도 아빠가 다 시켰잖아.

그런데 이제는 또 타란툴라 키운다고?

…미-안-해, 아빠.

주호는 정말 미안한 눈빛으로

타란툴라의 눈이 여덟 개나 있는 것은 아냐고 물어봅니다.

대동여지도

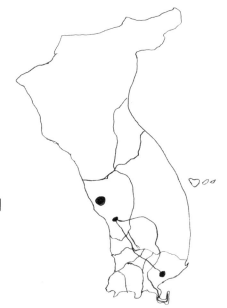

달랑 거제도와 부산을 다녀와서
대동여지도를 그렸습니다.

지도 그리기에 관심을 갖더니 삼국시대 지도까지 그렸습니다.

아빠, 왜 삼국시대에 가야가 빠져 있어?
글쎄다… 정말 왜 가야가 빠졌을까.

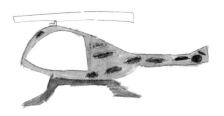

코브라 거라바부 래랑헬리코터

한글을 깨우치느라 정말 수고가 많으셨군요.

고고학
공부

기가노토사우루스
얼굴 화석

기가노토사우루스는 티라노사우루스보다

힘이 더 세다고 합니다.

그런데 몸이 무거워서 잘 뛰지 못한다고 하네요.

주호야, 이놈이 언제 살았던 거니?

'백악기 후기'라고 바로 답하네요.

허참, 자식 아주 공룡박사구만…

달에는
전기가 없어요

이게 뭐야?

달 착륙 로봇, 이거 변신도 한다~

다리는 왜 있는 거냐?

착륙하려면 다리가 있어야지.

그럼 팔은 왜 이렇게 생겼냐?

전기를 만드는 장치야. 아빠가 그랬잖아.

N극과 S극이 있으면 전기를 만들 수 있다고.

달에는 전기가 없기 때문에 이게 필요하거든.

그럼 변신은 어떻게 하는데?

그건 비밀이야.

주호의 질문은 끝이 없습니다. 보통 아이들처럼 끊임없이 궁금한 것을 물어보지요. 질문 중에는 제가 대답하지 못하는 것도 아주 많습니다. 그런 질문을 받게 되면 사전을 펼쳐보거나 인터넷을 검색해서 답을 찾아보기도 하지요.

예를 들면 군대 계급이 어떻게 되나, 기차는 어떻게 가나, 화산은 어떻게 폭발하는가, 집에서 똥을 누면 어디로 흘러가는가, 엘리베이터는 어떻게 움직이나, 100킬로미터는 얼마만큼 먼 거리인가, 우리 집에서 부산까지는 몇 킬로미터인가, 뭐 이런 것들에서부터 책을 읽다가 나오는 각종 단어의 뜻, 화폐단위, 각 나라의 수도 등등 셀 수도 없습니다.

그런 질문들에 대한 답을 잊어버리지 않기 위해 노트에 적어놓기로 했지요. 우리는 그 노트를 '지혜의 노트'라고 이름 붙였습니다. 지혜를 키워주는 노트지요.

주호가 무언가를 물어보면 "주호야, 지혜의 노트 어디 있냐. 가지고 와. 노트하자!" 이러면서 서로 적어가며 얘기를 합니다.

그러다가 제가 아는 약간의 상식도 덧붙여서 가르쳐줍니다. 유럽의 라틴, 게르만, 노르만, 앵글로색슨 등 인종에 대해서, 베네룩스 삼국에 대해서, 이집트의 피라미드를 어떻게 지었는지, 네덜란드 풍차의 원리는 무엇인지, 세계의 자동차 메이커는 어떤 것이 있는지, 우리나라가 1등으로 잘 만드는 것은 무엇인지 등.

앞으로도 주호는 모르는 것이 있으면 꼬박꼬박 노트에 기록하게 될 것입니다.

『플란다스의 개』를 읽으면서 주호가 묻습니다.

— 아빠, 풍차가 뭐야?

•• 풍차는 네덜란드에 많아. 네덜란드는 바다보다 땅이 낮아서 비만 오면 물이 고이거든. 그래서 네덜란드 사람들이 물을 퍼 올리려고 만든 거야. 네덜란드에는 바람이 엄청나게 많이 부는데 그 바람을 이용해서 풍차의 날개를 돌리면 밑에 있는 물레방아가 물을 퍼 올리게 되지.

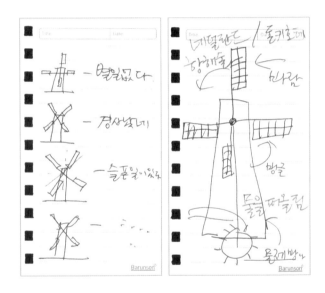

『톰 아저씨의 오두막』을 읽으면서는

• 1마일이 뭐야?

•• 마일은 거리를 표시하는 단위인데, 1마일은 1.6킬로미터야. 잘 외워둬, 주호야. 앞으로 많이 나올 거야. 미국에서는 이 마일을 많이 쓴단다.

• 뉴올리언스가 어디야?

•• 미국의 흑인들은 대부분 아프리카 서부에서 잡아온 노예들이었어. 흑인들 불쌍하지? 왜 노예들이 필요했을까? 미국의 남부는 목화밭이 많았는데, 목화 따는 일이 힘들어서 백인들이 흑인들을 잡아다가 그 힘든 일을 대신 시킨 거야. 아프리카에서 노예를 실은 배들이 미국 남쪽의 뉴올리언스로 많이 왔나봐. 지금도 뉴올리언스 지방은 흑인이 많이 살아. 그리고 그 흑인들이 만든 노래가 있는데, 그걸 재즈라고 해. 그러다가 북부에 있는 링컨 대통령이 남부의 노예들을 해방시키려고 했지. 그런데 남부가 가만있겠냐고. 그러다가 전쟁이 일어났어. 그게 바로 남북전쟁이야.

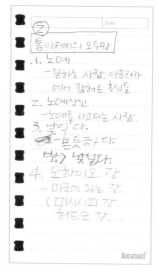

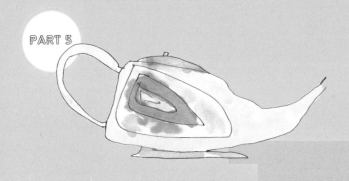

PART 5

아빠
너만
걱정해

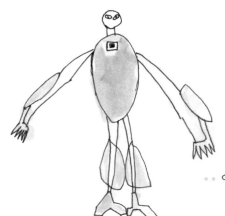

아빠
너만 걱정해

이거 달걀 로봇이야.

·· 아 그래, 몸통이 달걀처럼 생겼구나.

애도 변신 로봇이야.

·· 팔다리가 길어서 변신하기 좀 힘들겠는데.

변신 로봇은 그런 거 문제없어. 걱정하지 마.

·· 로봇 걱정은 안 해. 아빠 너만 걱정해.

닭 잡는
달걀 로봇

·· 뭔데 이렇게 생겼냐?

닭 잡는 달걀 로봇이야.

·· 어떻게 닭을 잡는다는 거야?

처음에 달걀처럼 가만히 있다가 닭이 다가오면

이렇게 탁 튀어 올라서 기관총을 두두두두…

·· 야, 기관총으로 쐈다가 어디 먹을 거라도 남아 있겠냐.

텔레비전에
다리를 달면

•• 주호야, 이제 TV 좀 그만 봐라.

주호는 거실에서 할머니 방으로 스르륵 뒷걸음치며 이동한다.

•• 주호야, 할머니 방에서 뭐 하니?

너 거기서 또 TV 보지. 이제 그만 좀 보라니깐, 얼른 꺼.

주호는 다시 자기 방으로 머리를 박고 번데기처럼 기어간다.

•• 주호야, 너 게임하냐? 일기숙제는 다 했어?

주호는 무표정한 얼굴로 책상 밑으로 들어간다.

가끔 주호의 아홉 살 인생이
가련할 때가 있습니다.

텔레비전을
몰래 보는 방법

주호야, 너 숙제 다 했니?

이제 네 방 좀 치워라.

양말은 왜 여기 벗어던졌냐.

야! 텔레비전 빨리 안 끌래.

주호는 리모컨을 책 속에 숨겨두면

책 보는 척하면서

TV를 볼 수 있을 거라고 생각합니다.

흐흐, 그래도 안 될걸!

밤이
늦었습니다

<small>●●</small> 너 지금 뭐하고 놀아?

<small>●</small> 전쟁놀이, 짱 재밌어.

<small>●●</small> 누가 대장이냐?

<small>●</small> 시온이형이 대장이야.

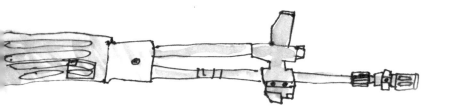

<small>●●</small> 넌?

<small>●</small> 형이 부대장 시켜준다고 했어.

<small>●●</small> 그래? 부대장님.

그 전쟁은 언제 끝나나요?

밤이 늦었습니다.

아라비안나이트

- 무슨 책 읽고 있냐?
- 아라비안나이트!
- 일주일 전부터 읽었잖아.
- 응! 너무너무 재밌어서 천천히 읽고 있어.
- 어이구 행여나!

소원을
말해봐

- 요술램프가 생기면 무슨 소원을 빌래?
- 글쎄, 생각나는 게 없는데.
- 그럼, 아빠 빌려줘.
  우리 주호
  튼튼히 잘 크게 해달라고 빌게.

자벌레가
뭐길래

•• 자벌레가 뭐야?
  ○ 나무에 사는 벌렌데 무기가 없어서
    나뭇가지처럼 이렇게…
    아빠, 나 봐봐. 이렇게… 으윽.
    이렇게 주-욱 뻗고만 있어.

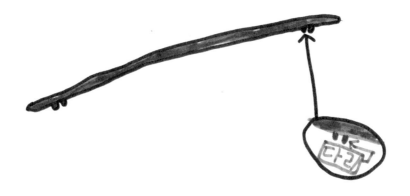

마룻바닥에 온몸을 쭉 뻗고
꼼지락거리고 있는 주호를 한참 동안 바라보고 있어야 했습니다.

언제까지 그러고 계실 건지…

지렁아
빨리 가

- 아빠, 지렁이다, 지렁이!
- 가만 놔둬. 밟지 말고.
  지렁이가 있어야 땅이 건강해진다고. 알지?
- 알긴 아는데 너무 느리잖아.
- 아, 얘, 왜 기어 나와 가지고는…

지렁이가 지나갈 때까지
그놈을 지켜보는 주호를 한참 동안 기다려야 했습니다.

지렁이 인생은 참견 마시고 빨리 갑시다.

용꿈

아빠, 용꿈이 좋은 거야?

그럼, 용꿈 꾸면 재수 좋대.

좋았어. 나도 용꿈 꾸게 용 그림 그려야지.

이거 쳐다보고 자면 용꿈 꿀 수 있겠지.

아빠도 좀 보고 잘게.

운수 좋은 날

난데없이 주호한테
전화가 걸려왔습니다.

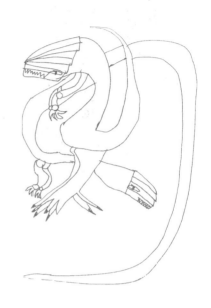

- 아빠, 나 오늘 받아쓰기 백점 맞았다!
- 아 그래. 잘했구나.
- 나 오늘 되게 운 좋은 날이야.
  하나 틀린 것 같았는데 다 맞았어! 아 정말!
- 어제 용꿈 꾸었구나!
- 안 꿨는데?
- 그럼 아빠가 꿨나?

거제도에서 생전 처음 낚시를 했습니다.
첫 낚시치고는 제법 많이 잡았지요.
저는 낚시를 별로 좋아하지 않는데
주호 때문에 바다낚시를 했지요.
해보니까 재미있더라고요.

처음으로 낚싯줄에 물고기가 걸려든 순간
한없이 좋아하는 주호의 얼굴을 찍었어야 했는데…
걸려든 물고기보다도
좋아서 어쩔 줄 몰라 하는 주호의 모습을…

그림 그리기

또래의 남자아이들이 모두 그렇겠지만 주호도 다방면
으로 호기심이 많습니다. 곤충, 공룡, 로봇, 지리, 과
학, 바다 등에는 특히 더하지요.

그런데 다른 아이들과 조금 다른 점이 있다면, 관심이
있는 것을 그림으로 그리기를 좋아한다는 겁니다. 잘
그린 그림은 아니지만, 사람의 뼈, 곤충의 뒷다리, 화
산의 내부, 자동차의 평면 등을 묘사한 그림들을 보면
참 유별난 것들을 다 그리는구나 싶어요.

대화의 시작

주호와의 대화는 그 그림에서 시작됩니다. 제가 "우와, 이게 뭐야?" 하며 그림 설명을 해보라고 하죠. 심해오징어 같은 그림은 신나서 자기가 먼저 자랑하기도 합니다. 그러면 "세상에 그런 생물도 있어?" 하고 맞장구를 쳐주죠. 그리고는 그것이 실려 있는 책을 가져오게 해 좀 더 많은 얘기를 하도록 시킵니다. 주호의 얘기를 들으면서 저도 배운 게 많습니다.

가끔은 제가 먼저 어떤 그림을 그려보라고 주문하기도 합니다. 우리나라의 지도나 베네룩스 삼국의 지도 같은 것 말이죠. 이때는 묻는 것에 답을 해주며 세세한 것을 미리 설명해줍니다. 그러면 주호의 기억에 오래 남을 것 같아서 말이죠.

같이하기

주호가 먼저 제게 그림을 그려달라고 할 때도 있습니다. 그리고는 싶은데 어려워서 잘 안 그려질 때죠. 또 자기가 그리고 싶은 것을 저와 같이 그리고 싶다고 할 때도 있어요.

함께 그림을 그리다 보면 정말 놀라운 사실을 발견하게 됩니다. 그림 그리는 테크닉이야 제가 더 낫겠지만, 아이디어는 주호를 따라갈 수가 없거든요. 달기지, 우주비행기, 도둑 방지용 최면 자동차 같은 것 말이죠. 정말 아이들의 머릿속에는 무궁무진한 상상의 세계가 펼쳐져 있는 것 같아요.

생각 키우기

어떻게 하면 주호의 상상력과 창의력을 더 키워줄 수 있을까? 요즘 저의 가장 큰 고민입니다. 일단은 주호가 하는 대로 내버려둡니다. 이러쿵저러쿵 간섭하지 않지요.

요사이 주호는 매일 만화책을 만들고 있는데요. 스스로 스토리를 짜내려 노력하는 모습이 기특해요. 제대로 짜임새를 갖춘 만화는 아직 없지만, 언젠가는 탄탄한 줄거리의 만화를 완성할 거라고 믿습니다.

책 읽기보다 만화책 만들기를 더 재미있어 하는 주호를 보면서, 저는 다만 지켜보며 격려해줄 뿐입니다. 자기가 좋아하는 것을 하면서 스스로 생각을 넓혀가길 바라면서요.

PART 6

달팽이도
빨리
달릴수
있을까?

아빠는 이미
다 알고 있어

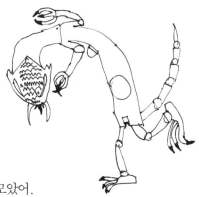

아빠, 나 저금해서 오천원이나 모았어.

그럼 빨리 저금통에 넣어.

안 돼! 이걸로 장난감 살 거야.

장난감 많잖아.

아냐. 엄마가 돈 모아서 사는 건 괜찮다고 했어.

뭘 살 건데?

비밀!

뭔 비밀. 아빠는 이미 다 알고 있어!

바이오니클 사려고 그러지?

저도 이제 도사가 되어갑니다.

위기의
순간

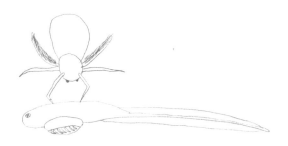

물방개가 올챙이를 잡아먹으려는 위기의 순간입니다.

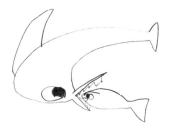

상어가 물고기를 잡아먹으려는 위기의 순간,

뒤에 있는 놈이 쳐다보고 있습니다.

야! 빨리 도망가.

주호야,

살다 보면 언젠가

이런 위기의 순간이 온다.

술은
싫어요

- 아빠는 어릴 때 버섯 먹기 싫어했어.
- 왜? 맛있는데.
- 먹는 것 중에 네가 싫어하는 게 있냐?
- 있어!

뭐?

술!

달팽이도
빨리 달릴 수 있을까?

아빠, 달팽이도 빨리 갈 수 있어.

이렇게 쭉 뻗으면 달릴 수 있다고!

주호야,

어떤 때는 천천히 가는 것이 더 좋을 때도 있단다.

황제지네의
분노

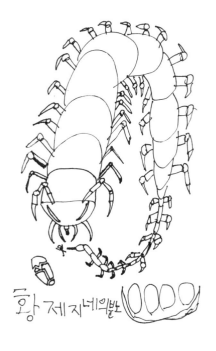

황제지네의 알을
감히 인간이 먹어가지고
황제지네가 화가 났답니다.

까불다가
혼나는 경우가 있죠.

화산이
폭발한다

으악, 화산이 폭발한다.
푸아악 슈우욱 우악…
앗 뜨거! 용암이 터졌다.

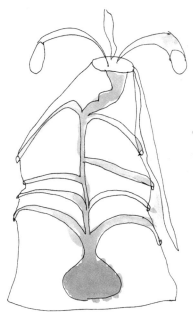

잘 논다. 너 숙제 안 할래.
조금 있음
아빠도 폭발한다.

그땐 어릴 때고

• • 넌 어느 계절이 제일 좋냐?

　 여름! 수영할 수 있으니까.

• • 옛날에는 가을을 좋아했잖아. 고추잠자리 잡는다고.

　 그땐 어릴 때고.

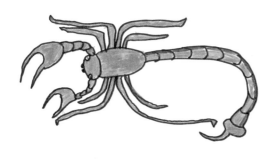

전갈의 역습

• • 주호야, 전갈이 영어로 뭐야?

　 스콜피온!

　 좋아! 그럼 아빠, 바퀴벌레는?

• • 몰라.(앗, 정말 모르겠다!)

　 피이. 아빠보다 내가 영어 더 잘하지!

호랑독거미라고

이거 거미구나!

아니, 호랑독거미야.

바보!

몸통이 요란해도 그냥 거미인 줄 알았는데…

호랑꿀벌이 아니라

그럼 이건 호랑꿀벌이겠네?

아니, 그냥 꿀벌이야.

바보!

몸통이 요란하여 호랑꿀벌인 줄 알았는데…

장수풍뎅이와
사슴벌레

아빠, 장수풍뎅이하고 사슴벌레가 싸우면
누가 이기는지 알아?
엥? 둘이 싸우기도 하냐?
누가 이기는지 넌 알아?

그럼. 둘이 싸우면 장수풍뎅이가 이겨.

왜?

이름이 장수잖아. 장수! 힘센 장수.

ㅜㅜㅜ

주호야!

아빠는
네가 태어난 것이
대박이야.

주호를
사랑하는
모임 2

　　주호가 태어날 때 제 나이 마흔이었죠. 늦둥이
였습니다. 주호가 태어나고 우리 집은 많은 것이
달라졌습니다. 할머니는 주호를 돌봐줘야 한다며 회춘을
하셨고, 저는 술 안 마시고 집에 일찍일찍 들어오게 되었
고, 주호 엄마는 목에 힘이 들어가면서 더 예뻐졌고, 누나
현정이는 예쁜 동생 덕에 외롭지 않게 되었죠.

주호가 학교에 들어가면서 우리 집은 또 한 번 크게 바뀌었습니다. 할머니, 아빠, 엄마가 주호 하나를 돌보느라 각자 하나씩 역할을 맡게 되었지요. 할머니는 온종일 주호 뒷바라지를 하는 게 임무입니다. 엄마는 주호의 전체 스케줄을 관리하지요. 저는 주호 엄마의 지시를 받아 못다 한 숙제를 하게 만들고요.

그런데 할머니가 점점 더 힘들어하시면서 제 임무가 늘어나게 되었지요. 주호 엄마는 저보다 퇴근이 더 늦어서 시간을 많이 낼 형편이 못 되었거든요. 저는 집에 더 일찍 들어와야만 했죠. 자연스럽게 주호와 많은 시간을 보내게 되었고 주호와 더 많은 대화를 하게 되었습니다.

주호는 우리 가족을 묶어주는 아주 중요한 역할을 합니다. 주호를 통해 가족 간의 전화 횟수가 늘어갑니다. 주호의 웃음으로 조용한 집안 분위기가 한결 밝아지지요.

주호를 사랑하는 모임은 우리 가족으로부터 주호의 외할아버지, 외할머니, 고모, 이모, 사촌들로 그 세력을 넓혀가고 있습니다.

PART 7

나 오늘
대박이야!

이거
미래형이야

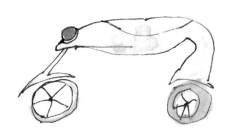

주호야, 오토바이에 왜 핸들이 없어?

이건 미래형이야. 그런 거 없어도 돼.

경찰은
안 무서워

아빠, 이거 경찰 표시야. 경찰 무섭지?

아니, 경찰은 우리를 도와주는 분이야.

경찰보다 더 높은 사람도 있어?

음… 검사!

그래? 그럼 난 검사해야지.

정말이냐? 자 그럼 공부하자!

아니 왜?!

움직이는
집 2

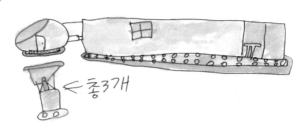

←총3개

• • 주호야, 네가 살고 싶은 집 한번 그려볼래?

  그러지 뭐. 스슥사삭. 이거 어때? 움직이는 집이야.

  조그만 건 똥차야. 아하하하.

• • 우와, 잘 그렸는데. 집 안은 어떻게 생겼어?

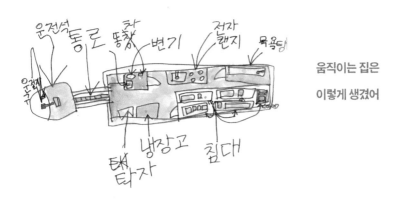

움직이는 집은

이렇게 생겼어

• 운전석은 따로 있고, 방하고 부엌도 있어. 아! 목욕탕도 있어야지.

• • 방은 하나야? 그럼 다 같이 자는 거야?

  방 안에 침대가 따로따로 있으니까 걱정 마시고요.

운전로봇도 필요하겠지

운전은 누가해? 아빠가 해?

걱정 마쇼! 내가 로봇 하나 만들어줄게.

아빠는 방에서 TV나 보슈.

고맙다, 주호야.

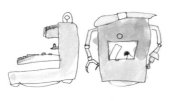

자동의자와 승무원

이건 할머니를 위해 특별히 만든 자동의자야.

자동으로 스윽 움직인다고.

승무원도 있어야지. 먹을 거 갖다 주잖아.

비행기처럼.

그래그래, 우리 주호 최고다!

$#%fg %^ @#%$^%
(야, 너 이리 와봐)

외계인입니다. 레이저 칼을 든 큰 놈이
지나가는 작은 놈한테 뭐라고 그러고 있답니다.
$#%fg %^ @#%$^%(야, 너 이리 와봐).

나 오늘
대박이야!

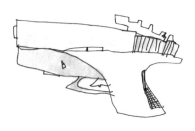

아빠, 나 오늘 대박이야!

뭐가?

이거 주웠어. 길에서. 짱이야.

이게 뭐야?

장난감총 총알이야.

…!?

이건
거북이 집이거든요

거북이 몸통은 어디 갔니?

자기 집 속에 숨었어.

거북이 집이 어딘데?

이게 거북이 집이야. 이 속에 숨었어.

이거 거북이 등 아니야?

아냐, 거북이 집이라니까.

아하! 거북이는 집을 등에 지고 사는구나.

우리나라 휴대폰이
최고지

아빠, 휴대폰은 어느 나라 것이 제일 좋아?

당연 우리나라 거지.

TV도 1등, 배 만드는 것도 1등, 자동차도 잘 만들고,

대한민국이 최고야!

끝내주는 탱크

탱크를 그렸구나.

너, 우리나라 탱크가 엄청 좋은 거 모르지?

정말?

그럼, K1A1 탱크.

이리 와봐. 인터넷에서 보여줄게.

우와, 끝내주는데.

우리나라가 짱이야!

광속이
뭔지는 알지?

　아빠, 광속이 뭔지는 알지?

　그럼 알지.

　그거 엄청나게 빠른 거지?

　그래. 근데 얼마만큼 빠른 속돈지는 알아?

　그럼. 아빠 차보다 더 빠른 거지.

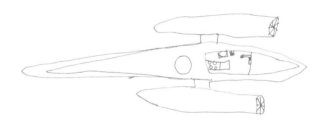

주호에게 초속, 시속, 음속, 광속을 가르쳐주느라 입이 좀 아팠습니다.

끝내주는
자동차

어휴, 내일 비가 많이 온다고 하네.

아빠 회사 가기 힘들겠는걸.

아빠, 걱정 마.

비올 때는 이 수상자동차를 타고 가시지.

우와, 끝내주는데!

자세히 좀 봐

•• 아무리 봐도 그냥 새인데…

• 아냐, 로봇이라니까.

자세히 좀 봐. 발목과 목에 동그라미…

관절 부분에
동그라미가 있으면
무조건 로봇이라고 우깁니다.

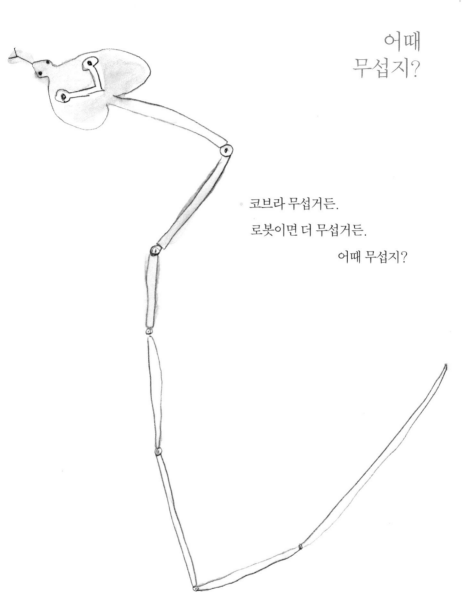

어때
무섭지?

코브라 무섭거든.
로봇이면 더 무섭거든.

어때 무섭지?

쌍살벌이라니까

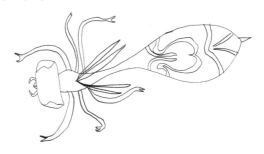

- 이햐, 이게 뭐야? 잘 그렸네.

  쌍살벌.

- 뭐라고?

  ## 쌍. 살. 벌.

  - 뭐, 뭐라고? 상쌀벌?

  아, 답답하네, 정말.

이번에는 잘할게

아빠, 사슴벌레 다시 한 번 키우면 안 돼?

안 되는 거 알지?

아니, 딱 한 번만 더. 이번에는 잘 키울게.

안 된다면 안 돼.

아빠, 그러면 내가 어떡하면 키우게 해줄 거야?

아무튼 안 돼.

아, 답답하네, 정말.

번데기
자동차

아빠, 미래 자동차는 어떻게 생겼어?

미래에는 아마 전기 자동차가 많이 나올 거야.

차가 날아다녀서 바퀴도 필요 없을걸.

한번 그려 볼까. 슥슥.

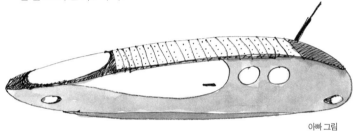

아빠 그림

아빠, 잘 그렸네. 나도 그려 봐야지.

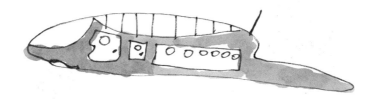

뭘 그린 거냐?

뭐긴 뭐야, 미래 자동차지.

번데기 모양으로 생겼어.

그런데 왜 하필 번데기야?

음, 나중에 성충이 되어야 하거든, 나비처럼.

아니 글쎄, 왜 미래 자동차가 번데기 모양이냐고?

꼬리는 또 뭐야?

아참, 이게 나중에 크면 성충이 된다니까.

아니, 주호야, 아빠가 궁금한 건

왜 번데기 모양이냐니까?

아빠, 나 영어 잘하거든.
Q 다음에는 꼭 U가 온다.
아빠도 알아?

아빠, 나 중국어도 잘한다.
찐파이, 인파이, 통파이, 아울림피크어.
　(금메달, 은메달, 동메달, 올림픽. 인터넷에서 배웠다는 중국어!)
ㅋㅋㅋ

　한국말이나 좀 더 잘하시지.

완벽한 아빠는
없을 거예요

완벽한 부모가 어디 있을까요. 아이들에게는 돈보다도 부모의 사랑이 최고입니다. 태어나면서부터 삐뚤어진 아이는 없을 겁니다. 자라면서 사랑받지 못해서 삐뚤어지는 게 아닐까요.

저도 완전할 수는 없습니다. 단지 아이들과 더 친해지려고 노력할 뿐이죠. 첫째 딸을 키울 때는 회사 일로 너무 바빠 딸이 어떻게 자랐는지 기억도 나지 않습니다. 알아서 잘 커줘서 정말 고마울 뿐이죠.

그런데 주호에 관해서는 모든 게 다 기억납니다. 태어나는 그 순간부터. 아들이라서 특별한 건 절대 아니에요. 돌잔치하고, 유치원 다니고, 학교 들어가고 했던 모든 기억들이 생생하지요. 아마 많은 시간을 같이 보내서 그런 모양입니다.

가족은 가장 친한 친구입니다. 아빠에게 엄마도 친한 친구고, 딸과 아들도 가장 친한 친구들이지요. 아이들은 부모와 친해지려는 노력까지는 하지 않습니다. 친구들이 많은데 뭐 부모까지 친구일 필요가 있겠습니까. 중요한 건 부모가 아이들과 친해지려고 노력하는 거라고 생각합니다.

자식들과 친구처럼 지내면서 늙어가는 것이 제 소원입니다.

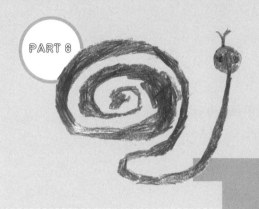

PART 8

내 말 좀
들어봐

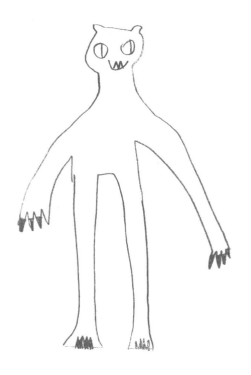

곰이라고
하는데

　·· 괴물을 그렸구나.

　· 아냐, 곰이야.

　·· 곰치고는 좀 날씬한걸.

　· 곰이 서 있어서 그래.
　　서 있으면 다리가 길어 보인다고.
　　아무튼 곰이야. 곰을 그린 거라고!

곰이라는데 어쩌겠습니까.

몰라라니깐

주호야, 이 물고기 알아?

몰라!

너 저번에 음식점에서 이거 먹었잖아!

기억 안 나?

모른다니까, 몰라!

맞아. 이 물고기 이름이 몰라야, 몰라몰라.

뭐라고?!

주호가 모르는 물고기 이름이 있다니… ㅋㅋ

주호가 도감에서 보고 그린 그림인데요. 이 물고기의 우리말 이름은 '개복치'이고 영어 이름이 '몰라몰라Mola mola'입니다. 우리나라 동해안에서 잡힌다고 하네요.

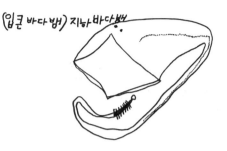

(입큰 바다 뱀) 지하바다뱀

잘못 썼네

- 애는 왜 이렇게 생겼냐?
- 아이구, 입큰바다뱀이라는 거야.
- 입큰바다뱀은 그렇다 치고 지하바다뱀은 뭐냐?
- 지하같이 깊은 곳.
- 그건 심해 아니냐?
- 아, 맞아 맞아. 잘못 썼네.

꼭 다 그려야 해?

- 이 그림 좀 이상한데.
- 황새잖아!
- 아, 이게 황새야? 그런데 몸통은 어디 갔냐?
- 그걸 꼭 그려야 아나!

아라타라타 아투라타

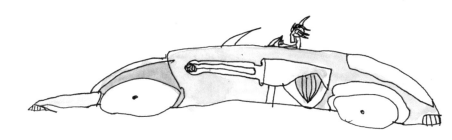

　야, 멋있는데.

　그치? 바이오니클이 타는 자동차야.

　무지 빨라, 슈우우웅.

　정말 빠르게 생겼다.

　아빠 차도 좀 그려줘.

　아라타라타 아투라타.

　알았다는 뜻이라는데 뭔 말인지…

암벽 타기
자동차

아빠, 암벽 타봤어?

아니. 좀 무서울 것 같아서.

어른도 무서워하는 게 있어?

그럼, 많지.

차를 타고 암벽 타면 안 무섭지 않을까?

그래, 그러면 무섭진 않겠지만
재미가 있을까 몰라.

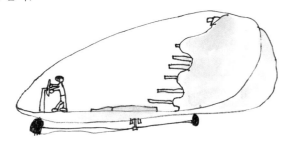

내 말 좀 들어봐

괴물 두 마리가 싸우고 있네.

아빠, 내가 얘기해줄게.

바이오니클 두 개가 싸우고 있는데

얘는 주무기가 불이고, 얘는 주무기가 입이야.

둘이 싸우면 누가 이기는지 알아?

내가 그걸 어떻게 아냐?

얘네 둘이 싸우면 입이 센 놈이 이겨.

불을 뿜으면 입으로 다 마셔버리거든.

알았다 알았어. 이제 그만해.

아냐 아빠. 좀 더 남았어. 내 말 좀 들어봐.

ㅠㅠ

카페에서

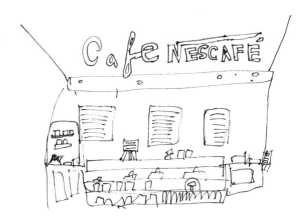

- 아빠, 장난감 사줘.
- 너 장난감 많잖아.
- 아니, 그러니까 내가 100점 맞으면 사달라고.
- 좋아. 100점 맞으면 사줄게. 뭐 사려고?
- 그건 지금 말할 수 없어.
- 알았어. 바이오니클만 빼고 다 사줄게.
- 왜? 바이오니클이 어때서?
  100점 맞으면 되잖아!

주호한테 잘못 걸리면 장난감을 사줘야 합니다.
정신 차리자!

협박 편지

주호가 엄마에게 쓴 협박 편지

협박 편지를 받은 엄마는

무서움(?)에 떨며

결국 어린이날 선물로

트랜스포머 로봇을 사주고야 말았지요.

정신 못 차리면 주호한테 당합니다.

우리의 대화는 이렇게 시작됩니다.

"아빠, 퀴즈 내봐."

즐거운 시간

주호와의 대화는 주로 이렇게 시작됩니다.

"아빠, 퀴즈 하나 내봐."

그러면 '지혜의 노트'에 기록해두었던 몇 가지 것들을 물어보지요.

"베네룩스 삼국은 어디어디지?"

뭐 이런 퀴즈죠. 나름 주호도 이런 질문을 좋아합니다.

주호와 같이 있는 시간은 정말 재미있습니다. 주호의 말 한마디 한마디가 코미디보다 재밌어요. 아직은 공부보다 놀기 좋아하고 책 읽기보다 책 베껴 그리기나 만화책 그리기를 더 좋아하지만 뭐 지금 초딩인데 실컷 놀아야지요.

어느 날 집에 일찍 가거든 숙제시키라는 주호 엄마의 엄명을 받아 주호와 구구셈을 같이 외웠습니다.

7단을 끝내고 8단을 외워야 하는데 이거 8단이 왜 헷갈리죠. 팔삼? 팔사? 이게 잘 안 되네요. 나 참…

주호가 이번 일요일에 자전거를 타고 멀리 한번 가보자고 합니다. 그래 주호야, 우리 가을하늘 보면서 자전거 타고 실컷 운동이나 하자.

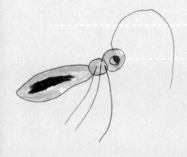

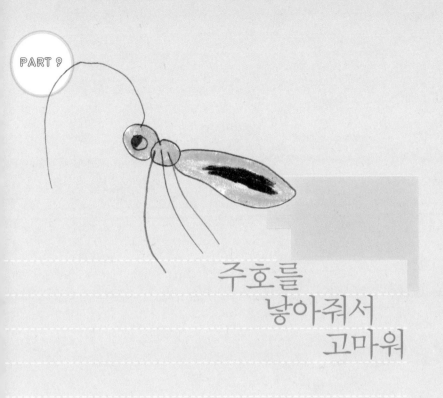

PART 9

주호를
낳아줘서
고마워

고마워
주호 엄마

다섯 살 주호의 자화상

• • 주호야, 아빠 것도 하나 그려줘.
 • 아빠 것은 아빠가 그려.

　　주호 엄마, 주호를 낳아줘서 고마워.
　　주호를 보고 있으면 우리 식구 모두 행복해지잖아.

엄마 것은 다 좋아

엄마의 펀치

• • 주호야, 잘 시간이다.
 • 벌써? 엄마, 나 책 읽어줘.
• • 아빠가 읽어줄까?
 • 아니! 책은 엄마가 읽어줘야 해.
　　엄마가 읽어줘야 잠이 잘 온단 말이야.

　　제가 아무리 애써도 엄마는 못 따라갑니다.
　　심지어 펀치까지 엄마 것은 다 좋다며…

퀴즈쇼

   아빠, 퀴즈 내봐!

• • 프랑스의 수도는?

   파리, 아니 그렇게 쉬운 거 말고.

• • 그럼 파리에 흐르는 강 이름은?

   센 강, 아니 더 어려운 거.

• • 베네룩스 삼국은?

   아빠! 그렇게 어려운 거 말고.

야! 우쮸플리즈 꺼져줄래.

자유의 여신상

- 주호야, 자유의 여신상은 어디에 있지?
- 미국! 뉴욕!
- 그렇지. 그거 누가 만들었게?
- 몰라.
- 프랑스가 만들어준 거다.
- 정말?

　　근데 왜 우리나라에는 안 만들어줘!

주호(위)와 아빠(아래)가 그린 자유의 여신상

잠 좀 자자

주호가 다섯 살 때쯤, 어느 날 아침에
늦잠을 자고 있는 제 코앞에
병 속에 개미를 잡아넣고는 잠을 깨우더군요.

- ·· 억, 이게 뭐야?
- · 개민데 내가 키울 거야.
- ·· 야야, 저리 치워. 이제 그런 거 좀 그만 잡아와.
- · 왜 귀엽지 않아?
- ·· 아빠 개미 싫어. 야, 저리 가. 잠 좀 자게…

다빈치가 되려나

주호가 레오나르도 다빈치가 되려나 봅니다.

정밀묘사를 했습니다.

자기가 그린 그림 중에 제일 잘 그렸다고

들고 와서 보여주더군요.

왜 그렸는지는 모르겠지만

참 별걸 다 그립니다.

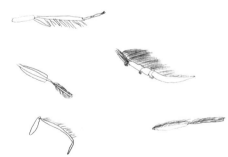

만화 그리기

만화 그리는 건 좋은데
종이를 이렇게 마구 쓰면 되겠어?

알았어. 아직 완성한 게 아니라고. 더 그려야 해.

아니, 도대체 왜 만날 만화만 그리냐?

아빠, 완성하면 보여줄게. 재밌어 이거.

아, 네에.

 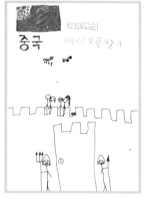

줄줄이 만화책 시리즈를 그리고 있습니다.
값은 권당 3,500원이라고 하네요.
이것을 누가 사보려나…

혼자 놀기

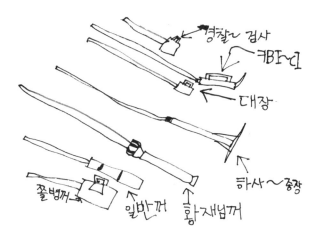

　퓨웅―슈욱―으악.

· · 주호야, 뭐 하니, 혼자?

　전쟁놀이에 쓸 레이저 칼 그리는 거야.

　　두두두두―퓨우웅―스스슥.

· · 재밌냐? 그게?

　아빠도 해봐. 재밌어. 이 칼 줄까?

　　슈우웅―다다다다.

· · 됐거든.

집 짓는 법

아빠, 집은 어떻게 짓는 거야?

아빠 건축가니깐 잘 알지?

엘리베이터는 어떻게 움직이는 거야?

똥은 어디로 가는 거야?

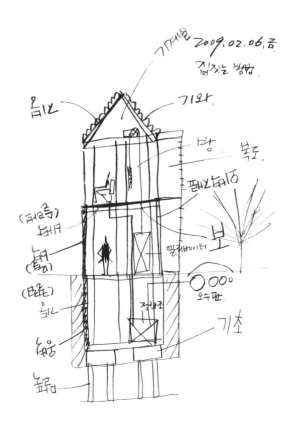

그게 궁금해? 좀 어려운데… 어떻게 설명할까?

종이 가져와봐. 아빠가 그림으로 설명해줄게. 우선 엘리베이터는 옥상에 기계실이 있는데, 거기 도르래가 달린 모터가 있어. 그리고 뒤에 추가 달려 있어서 이렇게 움직이는 거야.

아빠, 나 우리 엘리베이터에서 그거 지나가는 것 봤어.

그리고 집은 이렇게 기초를 만들고, 그다음에는 지하실을 만들고, 기둥을 올리고, 1층, 2층 차례대로 올리고, 그다음에는 창문도 달고, 그다음에는 벽지도 바르고, 마루도 깔고… 화장실에서 똥을 누면 이렇게 관을 통해서 지하실에 있는 정화조라는 데로 가서 도로 밑에 있는 오수관이라는 것을 통해서 저기 멀리 오수 종말처리장이라는 데로 보내서 처리하게 돼. 어렵지?

학교에서 배웠어. 집에서 버린 물이 흘러 흘러 강물로 간다고.

맞아. 깨끗한 지구를 만들기 위해 집에서 쓰고 버린 물을 잘 처리해서 강물에 버려야 해. 안 그러면 강물이 썩고, 그러면 우린 먹을 물이 없어서 못 살게 되겠지.

다시 공부할까? 도로 밑에는 전기선도 묻혀 있고, 수도관도 묻혀 있고, 우수관도 묻혀 있어. 몰랐지? 도로에는 자동차만 다니는 것이 아니라, 우리가 사는 집에 필요한 여러 가지 것들을 연결해주는 관들이 밑에 있어.

주호야, 이제 그만하자. 아빠 힘들다…

별을 봐야
별을 찾지!

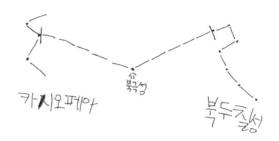

- 아빠 어릴 때는 밤하늘에 별이 엄청 많았는데…

  은하수도 보였고.

- 정말?

- 혹시 너 북극성 찾을 수 있겠어?

- 별을 봐야 별을 찾지!

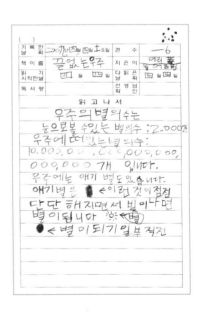

지구를
지키자

- • 어라, 이게 뭐야?
  - 오무! 〈나우시카〉 만화영화에 나오잖아.
    아빠도 알지?
- • 어, 그래 비슷하다.
  - 아빠! 그럼 나 TV는 못 봐도
    〈나우시카〉 비디오는 봐도 되지?

알파벳
로봇

'지혜의 노트'에 군대 계급을 가르쳐주자
한동안 주호가 알파벳 로봇 부대 시리즈를
열심히 그렸습니다. A에서 계급별로 내려갑니다.
각 계급별로 무기를 장착하고, 또한 변신도 합니다.
그중에 S 일등병이 가장 정교합니다.

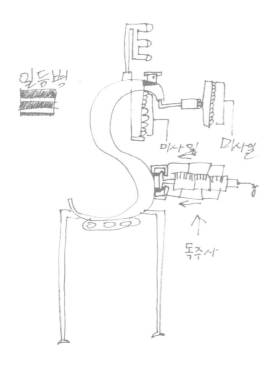

주호가 어릴 때는 얌전한 편이었는데

커갈수록 남자가 되어갑니다.

이제 조금 있으면 장가간다고 하겠지요.

그날이 기다려집니다.

여행을 떠나요

아이들에게 가장 좋은 교육의 하나는 여행을 같이 가는 거라고 생각합니다. 우리나라에도 좋은 곳이 정말 많습니다. 가족이 함께 여행을 떠나는 것 자체가 아이들에게는 좋은 교육이 되지 않을까요? 우리 가족은 여행을 자주 가지는 못하지만 갈 때마다 좋은 추억을 만들어 옵니다.

그런데 갔다 올 때마다 주호가 조금씩 성장한 걸 느낍니다. 거제도 가서 낚시하고 한 번 더 크고, 선유도 다녀와서 조금 더 달라지고, 제주도 다녀와서 한결 어른스러워지고, 상주 다녀와서 또 달라지고, 부산을 다녀와서는 더욱 의젓해진 것 같습니다. 주호는 거제도에서 낚시한 것과, 상주에서 감 따고 고구마 캐고 강아지 뚱이와 뛰어논 것이 제일 기억에 남는 추억이라고 하네요. 저는 우리 식구 모두 정말 어렵게 짬을 내어 갔던 제주도가 두고두고 기억에 남습니다. 그곳에서 운 좋게 본 장수하늘소에 주호도 저도 마냥 신나했던 모습이 지금도 눈에 선합니다.

여행을 통해 넓은 세상을 보며 새로운 경험을 하고 소중한 추억을 만들었지요. 굳이 설명해주지 않아도 아이에게는 여행 자체가 생생한 교육인 것 같습니다. 주호가 좀 더 크면 저와 함께 더 많은 여행을 하게 되겠죠. 한국의 비경과 건축물들, 외국의 아름다운 풍경들을 많이 보여주고 싶어요. 새로운 사람들을 만나게 하고, 불편한 잠자리를 견디게 하고, 배고픔을 참게 하고, 기다림을 배우게 하고, 집을 그리워하게 할 것입니다.

여행은 우리에게 교훈을 주고 삶을 다시금 사랑하게 해주니까요.

PART 10

아빠

꿈이
뭐야?

음악회라고

책장을 정리하다 주호가 유치원 때 그린 그림 한 장을 발견했는데,
처음엔 무엇을 그린 것인지 아무도 해독하지 못했습니다.
결국 하루 종일 놀다 들어온 주호에게 물어봤지요.

•• 은막-해, 이게 뭐야?

• 유치원 때 그린 그림이네. 음악회에서 노래자랑 하는 거야.

이땐 한글을 잘 몰랐거든.

•• 너 지금도 그렇거든. 알아?

꿈을 꾸자 주호야

- 주호야, 넌 꿈이 뭐야?
- 과학자!
- 저번에는 검사된다며?
- 검사하려면 공부 많이 해야 한댔잖아.
  그래서 과학자로 바꿨어!
- 근데 어쩌냐.
  과학자도 공부 엄청 많이 해야 하는데.

아니, 왜 또?!

자연을 꿈꾸자

•• 니가 살고 싶은 집을 그린 거니?

  • 응.

•• 집 근처에 동물들이 엄청 많네.

  시골에서 살고 싶어?

  • 아빠, 시골에는 마트 없지?

•• 큰 마트는 없겠지.

  • 아이참 어쩌지…

주호야, 시골에는 마트에 없는 엄청난 보물들이 있잖아.

니가 좋아하는 동물들!

우주 가족

이 그림을 보고 우리 집 식구 사이에 설전이 벌어졌습니다.

할머니 생각 역시 주호는 할머니를 좋아해서 우주까지 데리고 간 거야.

아빠 생각 아빠를 한가운데 크게 그린 것은 주호가 아빠를
제일 좋아해서 그랬을 거야.

엄마 생각 날 왜 끝에다 그렸지? 내가 어젯밤에 너무 야단을 쳤나?

누나 생각 역시 주호는 날 좋아해. 바로 옆에 그렸잖아.

주호의 해명 그냥 키 순서대로 그린 건데…

엄마에게
혼나고 난 뒤

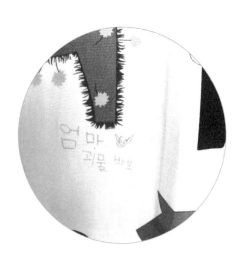

엄마에게 혼나고 난 뒤

주호가 사라졌습니다.

한참 찾다 보니

자기 방 커튼 뒤에 숨어 있더랍니다.

그사이에 저지른 일입니다.

아름다운
세상

이 그림을 보니 갑자기

세상이 아름다워 보입니다.

주호의 눈을 들여다보면 정말 맑습니다.
맑은 마음이 얼굴에 그대로 나타납니다.
그 맑은 눈으로 세상을 보고 그 세상을 그립니다.
그래서 주호의 그림을 저는 좋아합니다.

화분으로 개미들이 올라가고 있습니다.
날개 달린 여왕개미가 제일 뒤에 가고 있군요.
화분 위에는 꽃이 만발하고
벌과 나비가 꿀을 따기 위해 꽃 주변을 맴돕니다.
행복한 풍경입니다.

주호는 이 세상이
아름답게만 보이는 모양입니다.

저는 주호만큼
이 세상을
아름다운 모습으로
보지 못하는 것 같아요.

세상을 순수한 마음으로 보는 법을
주호에게 좀 배워야겠습니다.

내 마음의
안식처

눈 오는 밤을 그렸네요.

정말 눈이 수북이 쌓여 갑니다.

주호가 그림으로 자신의 생각과 세상을 표현할 수 있는
재주가 있다는 것을 뒤늦게 알게 되었습니다.
그래서 주호랑 그림을 함께 그리며
인생살이 고민(?)을 서로 얘기합니다.
주호랑 얘기하면 제 마음도
맑은 지하수처럼 청량해지는 느낌이 듭니다.
평소 별로 웃음이 없는 저도 주호랑 얘기할 때는
웃음이 절로 나거든요.
하도 어처구니없는 소릴 잘해서… ㅋㅋㅋ

주호는 팍팍한 인생을 살아가는
제 마음의 안식처입니다.

눈 오는 밤 아랫목처럼.

아빠
꿈이 뭐야?

아빠 꿈이 뭐야?

음, 주호가 공부 잘하고 튼튼하게 자라는 거.

아니, 그런 거 말고. 진짜 꿈 말이야.

그건… 건축가가 되는 거였지.

그래?

그럼 아빠는 꿈을 벌써 이룬 거네.

아빠 그림

고마워,

주호야.

아빠는 한 번도

꿈을 이루었다고

생각하지 못했어.

이 책 내느라

고생 많았다.

주호야!

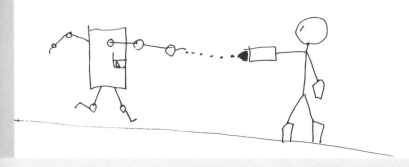

주호는
아빠의
선생님

주호를 통해 많은 것을 배웁니다. 주호는 제 선생님이기도 하지요.

우주, 세계지리, 화산의 활동, 각종 곤충과 식물의 세계, 바다생물들, 공룡의 세계 등은 오히려 주호가 더 많이 압니다. 주호는 이런 것들을 제게 자랑삼아 얘기해주지요.

"아빠! 이것도 몰라? 내가 얘기해줄게."

주호는 제게 책도 보여주고, 곤충 사진도 보여주고, 과학책도 보여주고, 각 나라 수도 이름도 가르쳐줍니다. 동물도감 식물도감도 보여주고요. 그러면서 저도 많은 것을 배우게 되지요.

사실 주호가 잘못 알고 있는 것도 많습니다. 그런데 문제는 저도 잘 모르는 경우가 허다하다는 거죠. 주호가 무작위로 질문을 하기 때문에 당황할 때도 많습니다. 그럴 때마다 정확하게 가르쳐줘야겠다는 사명감에 어쩔 수 없이 이것저것 뒤져서 가르쳐주게 되지요.

아무튼 주호 덕분에 저도 공부를 하게 되는 셈이죠. 그래서 주호는 아빠의 선생님입니다.

아들과 함께
행복 그리기

주호의 그림을 모아야겠다고 생각한 건 최근입니다.

주호가 어릴 때는 그저 '그림을 좋아하는구나' 하고 여겼죠.

아침에 일어나면 거실에 홀로 앉아 복사지에 그림을 그리곤 했습니다.

또 유치원 숙제로 그림일기를 그렸는데

지금 살펴보니 꽤 재미있는 것들도 있더군요.

만약에 흙이 없다면 어떤 일이 생길까요?

곰식이랑 야채가 자라지 않아서
사람들 이못먹어서 기운이 없어요

좀 더 커서 그림을 그릴 때는 '어, 잘 그리네'라고 칭찬해줬을 뿐,
굳이 그림을 모아두어야겠다는 생각은 없었습니다.

결정적인 역할을 한 것은 A4용지에 휘갈긴
주호의 낙서였습니다.
주호의 손에서 무수히 사라져가는 A4용지가 아까워서
조그마한 스케치북을 사주었지요.

"주호야, 이제 그림은 여기다 그리는 거다"라고 다짐도 받아두면서.

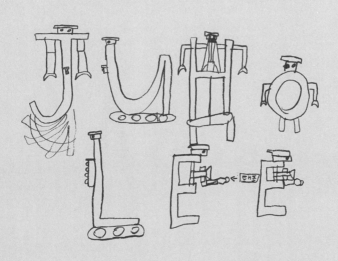

희고 큰 종이에 그림을 그리지 못한다는 아쉬움의 눈빛도 잠시,
주호는 스케치북에 '주옥같은 작품(!)'을 남기기 시작했습니다.

그때부터 주호 그림을 보는 재미로 하루하루가 지나갔지요.

주호가 그린 그림과 스케치들을 하나하나 모아서 스캐닝한 후
컴퓨터에 파일로 모아두었다가 주호와 나눴던 이야기며,
주호가 그린 그림에서 궁금한 점들을 짧은 글로 붙여 보았는데
그것이 어느새 한 권의 책으로 묶이게 되었네요.

지금 생각해보면 주호가 한창 그림 그리기에 몰두했던
다섯 살 무렵의 그림들이 좀 더 많이 남아 있었으면 하는
아쉬움이 남습니다.

아이다운 천진난만함과 무궁한 상상력,

그리고 주변을 세밀하게 관찰하여

표현한 것들을 보며 어른인 저는 그저

놀라고 감탄할 뿐이었지요.

하지만 안타깝게도 당시의 주호 그림들은

대부분 쓰레기통 행이었습니다.

지금 남아 있는 것은 일부에 불과하죠.

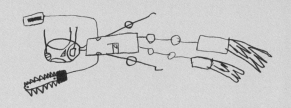

뒤늦게나마 주호의 그림을 모아보려 했으나
지금 아홉 살이 된 주호는
친구들과 전쟁놀이에 한창 열을 올리고 있고
그나마 시간이 날 때면
자전거를 타고 동네를 누비는 재미에 푹 빠져 있습니다.
그래도 주호가 언젠가 다시
작품활동을 시작하게 되리라 믿고 있어요.

최근 우리 집에 달라진 현상이 있습니다.
주호 그림 중에는 스케치북의 스케치 말고도
미술활동 시간에 한 여러 가지 그림들이 있는데
이제 엄마 아빠가 잘못을 깨달아
주호 그림을 버리지 않고
열심히 모으고 있다는 것이죠.

그런데 아홉 살이 되면서
주호의 그림이 조금씩 달라지고 있습니다.
아쉬운 것은 다섯 살 때의 순수함, 어설픔, 엉뚱함이 줄어들고
이제는 사물을 사실대로 표현하려 한다는 점이에요.

어쩌면 그게 정상이겠지만 주호가 커갈수록
세상을 보고 생각하는 것이 점점 어른이 만들어놓은 틀에
맞춰지고 있다는 것을 느끼게 됩니다.
그래도 퇴근하고 집에 들어오면
매일매일 주호가 새롭게 그려놓은 그림을 보고
주호와 이야기를 나누는 시간이 즐겁기만 하지요.
최근 주호는 매일같이 만화책을 만들어요.
사실 별 내용은 없습니다.

만화책을 보며 우리의 대화는 이렇게 시작되곤 합니다.

　또 만화책을 만들었구나. 이 만화는 뭘 그린 거니?
· 이거? 바이오니클이 나오는 만화야.
　그게 뭔데?
· 음, 그게 말이지… 바이오니클이라는 게 있거든.
　바이오니클 성이 공격당했는데 그걸 막아내는 이야기야.
　짱이지?

가끔은 주호가 이렇게 물어보기도 합니다.

· 아빠, 스타워즈 이야기 해줘.

그러면 저는 빈 종이에 그림을 그려가며
주호와 한참 얘기를 나누지요.

아빠가 그린 스타워즈

우리의 이런 대화는
주호 엄마의 질투에도 아랑곳하지 않고
꽤 오랜 시간 계속되기 일쑤입니다.

다른 남자아이들처럼
주호는 호기심도 많고 질문도 많지요.
이것저것 다양한 질문을 해대는데
일일이 대답하기 귀찮을 때도 있지만
그 역시 아들과 함께하는 즐거운 놀이입니다.

주호 덕분에 저도 많은 것을 알게 되었어요.
가물가물했던 과학 문제나 역사 이야기,
공룡, 곤충, 식물, 우주, 화산, 지리 등에 대해서
좀 더 명확히 알게 되었죠.

이러한 것들을 놓치기 아까워
우리는 조그마한 스프링노트를 '지혜의 노트'라고 이름 짓고
하나하나 메모하기 시작했습니다.
모르는 단어나 궁금한 것들을 적어가며 해결해가는 것이죠.

주호의 책상 한켠에 늘 자리 잡고 있는

조그마한 스케치북과 스프링노트,

색연필, 물감, 붓, 물통 들은

저와 주호를 연결하는

'소통'의 도구가 되고 있습니다.

그림을 통해

저와 주호는 오늘도

마흔 살이 넘는 나이차를 극복하며

행복을 그려나가고 있습니다.

아빠 꿈이 뭐야?

글 · 그림 ©이한종 · 이주호 2009

초판 1쇄 발행 2009년 12월 10일

지은이   이한종 · 이주호
펴낸이   김철식
펴낸곳   모요사
출판등록 2009년 3월 11일(제410-2008-000077호)

주소   411-805 경기도 고양시 일산서구 대화동 2199 신동아노블타워 651호
전화   031. 915. 6777
팩스   031. 915. 6775
이메일   mojosa7@gmail.com

ISBN 978-89-962537-2-3 03810